누구에게도 상처받지 않는 방법을 찾았다

개정판

누구에게도 상처받지 않는 방법을 찾았다

개정판

김지연 에세이

마음세상

우리는 늘 상처받아요.

아무리 마음을 긍정적으로 세우려고 해도

쉽지 않아요.

하지만 상처받지 않는 방법은 있어요.

내가 상처받지 않으니

이제 나 혼자 편해진 줄 알았는데

내 곁에 있는 사람들까지도 편해보여요.

이 책에는 나 자신을 되돌아보고
마음의 여유를 가질 수 있는 글귀들이 있습니다.

연필, 볼펜, 만년필
모두 좋습니다.
오른쪽 페이지에
따라 써봅시다.

눈으로 볼 때와
손을 쓸 때는
아주 많이 다르답니다.

처음 눈으로 보고
두번째 손으로 읽으면
마지막
당신은 조금씩 달라지고 있어요.

누군가를 미워한다는 것

누군가를 미워하는 것은

그 사람이 잘못했다기 보다

내 마음이 비뚤어져서 그런 것이다.

여행

그냥 집에서 혼자 있을 때는

나에게 상처준 사람을 떠올리며

열받고

속 끓이다가

밖에 나가서

바람도 쐬고

햇볕도 느끼고

풍경도 구경하고

달콤한 커피도 한 잔 마시고 나니

그때 그 사람에게

모질게 말한 게 후회되고

그냥 내가 좀 져줄 걸

마음이 가라앉는다.

그 사람이 사과하지 않았는데도.

그러니 속이 끓기 시작하면

나 자신을 스스로 가두지 말고

어디론가 나갔다 오는 게 좋다.

그래서 여행이라는 것을 가나 보다.

용서는 타인이 사과해서 하는 것이 아니다.

내가 나를 풀어주면서 하는 것이다.

여행은 가방 싸들고

어디 멀리 가는 게 아니라

나 자신으로부터

잠시 떠나있는 것이다.

괜찮다

뙤약볕이 내리쬐는 한여름의 어느 날
땀을 뻘뻘 흘리며 한 시간을 걸어
마트에 갔는데 하필 휴무 날이었다.
답답하지도 않고
짜증나지도 않고
그럴 수도 있겠거니
돌아서자고 내 자신에게 말을 걸었다.

그러자 정말 화도 나지 않고 아무렇지도 않고
다음에 오면 된다는 생각이 들었다.

이젠 열심히 했던 일이 허사가 되고
내가 원하는 대로 되지 않아도
이겨낼 수 있을 것 같다.

누구에게도 상처받지 않는 방법을 찾았다

마음을 움직이는 것

나는 내 마음이라고 줬는데
사실 그 마음이란 게

어쩌면
나만 편한 것
나만 생각한 것
나에게만 온전한 것
그런 것들이었던 것 같다.

사람들의 마음을 움직이는 것은

그 사람을 위한 것
그 사람을 생각하는 것
그 사람에게 필요한 것이다.

마음의 신호

나에게 상처만 주고
나를 힘들게만 하는데도
막상 헤어질 때는
마음이 아픈 건
왜 그런 걸까.

혼자가 되었다는 것이
뭔가 잘못된 거라고
생각했기 때문이 아닐까.

네가 속썩이며 내 곁에 있을 땐 그래도
내 마음에는 파란불이 들어왔는데
네가 떠나고 나서
갑자기 빨간 불이 들어왔다.

어렵다

대화가 쉽지 않은 이유는

내가 시간 날 때

내가 하고 싶은 말만 하는 것보다

듣는 사람이 시간이 날 때

그가 듣고 싶어하는 말을 하는 것이

어렵기 때문이다.

그냥

딱히 누군가를 좋아하려고 하지 말고 싫어하지도 말고
어쩔 수 없이 자꾸 봐야 하면 그냥 잘 지내려고만 하면 된다.
 나에게 묻는 질문들은
그 사람이 알고 싶거나 기억하려고 묻는 것이 아니다.
그도 그저 나와 잘 지내고 싶어서 묻는 것이다.

고민해서 말한 대답이
다른 사람들의 머릿속에 남아 있지 않은 것을 보면서
문득 나는 누군가를 좋아하거나 싫어하는데
너무 많은 시간을 낭비한 것을 알았다.

그냥 잘 지내면 된다.
잘 지내려고 생각하면 된다.
그러면 너무 오래 남겨둘 생각도
감정도 묻고 싶은 것도 걸리는 것도 사라진다.

밝게

내가 힘들 때 조금도 감추지 않고 힘들어하고

화가 날 때 감정을 드러내고

속상할 때 풀이 죽어 있으면

 그건 내 옆의 사람들까지도 힘들게 하는 것이다.

내 사정을 알아도 내가 아무렇지 않으면

기운 내고 웃을 수 있으면

사람들은 내가 가진 고통이 별 것 아니라고 생각한다.

내가 밝고 괜찮은 사람이라고 생각한다.

힘들어하는 모습은 누구도 좋아하지 않는다.

힘들수록 솔직해지지 않는 것이 좋다.

행복한 것보다 더 아름다운 것은

괜찮은 것이다.

누구에게도 상처받지 않는 방법을 찾았다

예전에는 내 마음이 상처 받는 것에만 민감했다.

나에게 상처주는 모든 것은 나쁜 것으로 생각하곤 했다.

어떻게든 상처받지 않기 위해서 노력했다.

하지만 언제나 상처받곤 했다.

 그런데 이젠 생각이 달라졌다.

내가 하는 말 한마디에

상대방이 얼마나 마음이 쓰릴 지 생각하게 되었다.

내가 뱉은 말에 내가 듣는 이가 되어 보니 가슴이 쓰라렸다.

그래서 말을 조심하게 되었다.

그러자 아무리 상처받지 않으려고 노력해도

자꾸만 상처받던 마음이 조금씩 아물기 시작했다.

아쉽다는 감정

누군가가 나를 생각할 때

사랑했던 사람이라고 생각하는 건 괜찮다.

좋은 사람이라고 생각했던 것은 괜찮다.

아마 그가 그렇게 생각했다면

나도 편했을 것이다.

그런데 나를 아쉬운 사람이라고 생각하는 좋지 않다.

내가 많이 괴롭고 힘들었을 것이다.

그리고 함께 하더라도 좋은 일은 별로 없을 것이다.

아쉽다는 감정은

좋고 나쁘고 보다도 비열한 감정이다.

나를 아쉽게 생각하는 사람과의 관계에서

나는 절대로 행복해질 수 없다.

아쉽다고 말하는 사람들은 타인에 대한 기대치는 크면서

대개 본인은 아무 노력을 안 한다.

먼저

속상할 땐

가시 같은 말 한마디 더 못해준 게 아쉽다가도

시간 지나면

그때 내가 먼저 숙여줄 걸

내가 좀 더 노력할 걸 후회하게 된다.

한참 잘 지낼 때보다

멀어질 때 성의를 다했더라면

좀 더 빨리 내 마음에서 지워버릴 수 있었을 것이다.

마음에 걸리는 것이 아무것도 없을 것이다.

친절한 이유

다른 사람이 좋아서 웃는 게 아니라

잘 지내고 싶어서 웃어주고

그 사람이 마음에 들어서 친절하게 대하는 게 아니라

내가 편하고 싶어서 친절해진다.

내가 그러다 보니

다른 사람이 그런 것도 알겠다.

누군가 나를 좋아해서 잘해주면

때로 그것이 버겁게 느껴지지지만

스스로를 위해서 남에게 잘해주는 건

친절함을 받는 사람도 편하다.

절대로 집착이 되지 않으니까

절대로 간섭하지 않으니까.

불안함

불안감을 없애려고 하는 행동이

다른 사람에게 피해를 주거나

불편함을 주는 거라면

나의 불안감은 영원히 사라지지 않는 것이다.

삶은 계속된다

사랑했던 사람과 끝나도

 하던 일이 안 되어도

 지금 혼자라도

어쨌거나

네 삶은 계속되어야 한다는 것을 잊지 마.

너의 희생이

다른 사람에게 감동이 되면

어쩌면 너는 매우 고달파질지 몰라.

멋지지 않아도 괜찮아.

무엇을 보려고 하고 있나요?

스스로 행복하지 못하다고

사는 게 힘들다고

다른 사람을 독기 있는 눈으로 바라보며

그 사람의 헛점과 약점, 단점을

찾아내 비난하고

까발린다고 해서

그래서 행복해진다면 얼마나 좋을까?

행복하지 않은 건

그 예리한 눈으로 보지 못한

그 사람에게 배울 점,

좋은 점,

강한 점 때문이다.

어려운 길

인생의 벼랑에 섰을 때는

주변 사람이 말하는 쉬운 길로 가지 말고

좀 가파로워도 모두가 옳다고 생각하는 길로 가는 것이 좋다.

위기에 빠졌을 때는

나 혼자만 살아남아야겠다고 생각하면 수렁에 빠지지만

내가 지키고 싶은 사람을 위해 헤쳐나가면

더 높이 오를 수 있다.

 그 길을 가다 보면 어쩌면 가까운 이들로부터

무시를 당하거나 외면을 받을 수도 있다.

벼랑이 높아서 무서운 것이지

자세히 보면 그 아래는 아름답다.

용기가 생기면 등짝에 날개가 돋는다.

두려움에 떠는 사람이 이기적이고 어리석은 선택을 한다.

잘 지내려고 노력하는 것

누군가를 사랑하는 것보다도

그 사람을 아주 많이 사랑하는 것보다도

중요한 것은

그 사람과 잘 지내려고 노력하는 것이다.

사랑하려고 하면

아프고 힘든일이 있지만

잘 지내려고만 하면 그렇지 않다.

그만 생각하자

다른 사람이 칭찬하면 기분이 좋지만 자기 자랑만 늘어놓는 사람을 좋아하는 이는 없을 것이다. 그럼에도 잘나가는 척, 잘사는 척, 잘난척 하는 경우가 참 많다. 속이 비었음에도 허세를 부리는 것은 아마도 잘해야만 인정받고 존중받기 때문이 아닐까?

못해도 이해해주고 보듬어준다면 솔직할 수도 있을 것이다.

잘해야만 인정받는다는 생각에 사로잡히면 스스로 견고하게 노력하기 보다 그저 말로 떠들고 그 말에 스스로 위안이 된다.

말이라는 것이 그자체로 상당한 힘을 갖게 된다. 결국 거짓말을 한 사람도 자신의 거짓말에 믿게 되니까. 좀 잘하지 못해도 그냥 좀 보통이라도 괜찮으면 안 될까? 낭떠러지에 달린 철봉에 매달린 것처럼 간신히 간신히 자기 자신을 속이며 살아가는 것이 안타깝다.

잘나지 않아도 돼.

그냥 평범해도 돼.

그래도 괜찮아.

나는 소중해.

저렴한 용서

사소한 일에 다시는 돌아보지 않는 사람을
야속하게 생각해왔다.
그런데 모욕이나 무안을 당하고도
쉽게 보듬어주고 용서해주었던
내가 문제라는 것을 알았다.

뒤돌아보지 않고 끝내는 것도
아픈 가슴을 달래면서 하는 것이다.

호의

이유 없는 호의는 위험하다.

나 혼자만 세운 이유도 의미없다.

상대방이 내가 호의를 베푼 이유를 알아야

내 호의도 가치가 생긴다.

착하게 살면서 상처받는 것은 비효율적이다.

내 마음이 간다고

아무렇게나 아껴주지 말자.

사랑하지 말자.

오만함

오만하고

교만한 것은

나 자신에게

가장 큰 부담을 주는 것이다.

나 자신이 소중한 것과

오만한 것은

완전히 다른 것이다.

오만함은 나를 가장 완벽하게 방치하는 방법이다.

기준

어쩌면 지금 불행하다고 생각하면
사실 잘 살고 있는 것이고

지금 행복한 거라면
뭔가 잘못되고 있는 것일지도 몰라.

불행을 참는 것은 힘들어도
내 인생의 경로를 벗어나지 않고
제대로 가고 있음을 의미한다.

소중한 것을 잃고
욕심을 버리고
그것을 가벼워졌다고
생각해서는 안 된다.

한 번

여행을 가서도 지금 이 순간을 즐길 줄 모르고

사진만 찍어대던 나를 발견했다.

이 순간을 다시 볼 수 없을까봐 불안했다.

앞으로 계속 만날 줄 알고 잘해줬더니

그때뿐이어서 허탈해졌다.

나에게 한 번이라고 하는 건 어려운 것이었다.

이제는 그 한 번이라는 것을 즐기고 싶다.

두고두고 볼 수 없어도 괜찮다.

어차피 나는 나중에 들춰보지도 않는다.

그저 또 볼 수 있다는 생각에

정리되지 않는 책상처럼

어지렵혀 놓을 뿐.

예측하라

당장 이익을 보려고만 생각하면
상대방의 마음을 읽기 어렵고
앞으로를 예측하기 어렵다.

지금 좋아보이는 것을
남들이 부러워하는 것을 쥐려고 하지 마라.
그것은 안전할 것 같아도
대개 그런 것은 도움이 안 된다.

이미 잘 되어 있는 것 말고
내가 노력해서 잘 풀릴 만한 것을 생각하라.
눈 감고 두려워하지 말고
스스로 예측하라.

별 것 아니라서

세상에 돈이 최고가 된 건

돈이 특별해서가 아니라

다른 게 별 것 아니라서 그런 것이다.

아, 사랑에 좀 미쳐봤으면!

열정을 활활 불살라봤으면!

복잡하게 생각 좀 안하고 살아봤으면!

멋지게 희생당하면서도

뭔 큰 일이라도 한 것처럼

아무것도 아깝지 않게

감격에 차봤으면.

버리지 못하다

오븐을 열고 빵틀을 빼다가
열선에 오른손이 닿은 적이 있다
다행히 오븐장갑을 끼고 있어
장갑만 망가지고 조금도 다치지 않았다.
아직 새 것이었는데
구멍이 나고 그을린 오븐 장갑을 보니
볼품이 없어졌다.
아까웠다.
버리고 새 걸 살까 했지만
나는 버릴 수가 없었다.
내 손을 지켜준 장갑이라서.

이끄는 것

무시해서 사람을 이끌 수 있다면 착각이야.

존중해야만 마음은 움직여.

자랑해서 인정받을 수 있다고 생각해도 착각이야.

자랑은 노력하기 싫어서

게으름으로 부리는 환상이야.

건성으로 한 칭찬이 상대방을 교만으로 이끈다.

대화

말을 할 땐 내가 하고 싶은 말을 하기 보다

그 사람이 듣고 싶어하는 말 중에

내가 할 수 있는 말

그리고 그 사람에게 필요한 말을 하는 거야.

그럼 할 말이 정말 줄어들어.

어차피 내가 하고 싶은 말은

그 사람의 속으로 들어가기가 어려워.

보통 몇마디 들어주다가 넘치면 역정을 내.

처음부터 끝까지

자기 이야기만 하다가 말을 끝내는 사람이 있어.

이야기를 하면서 자기 삶을 정리할 수 있을지 몰라도

그건 대화가 아니야.

그는 그냥 말이 하고 싶었던 거야.

진짜

그냥 웃고 있어도

내가 진짜로 웃는 것은 아니야.

지금은 괜찮아도

정말 행복한 건 아니야.

이런 생각을 한 적이 있었다.

그래서 진짜로 웃는 것,

정말로 행복해지는 것에 집착한 적이 있었다.

뭔가 궁극적인 것이 필요하다고 생각했다.

진짜를 만나면 내 마음 속의 깊은 상처로 치유되고

어쩌면 내가 달라질 수도 있다고 생각했다.

하지만 내가 진짜라고 생각했던 것도

사실 내가 내 자신을 속이는 것에 지나지 않는다는 것을 알았다.

어쩌면 진짜라는 것도

그 당시에만 유효하거나 나의 착각이거나

당장 내가 편한 것일 수도 있다.

 진짜라고 생각되는 것일수록 이루고 나면 허탈한 것이다.

그냥 진짜가 아니라도 당장 웃고 넘어가고

괜찮고 그런 것이 편하다.

이제는 진짜를 찾지 않는다.

지금 좀 마음에 안 들어도 이게 가짜라고도 생각하지 않는다.

마음은 고독해도 아픔을 품고 있어도 웃으며 견디는 건

누구보다도 나 자신을 사랑해야 가능하다.

노력

조금 껄끄러운 부분이 있어도

굳이 따지거나

파고들지 않고

얼굴을 고치고

밝게 대해준다는 것은

그건 그 사람이 노력한다는 것이다.

노력하지 않는 사람은

뭔가 싫은 일이 생기면 그대로 파묻힌다.

노력하지 않는 사람은

본인이 아무것도 하기 싫기 때문에

타인에게만 완벽을 바란다.

속상한 일

속상한 일이 있으면

나를 화나게 하는 사람에게 직접 표현해야 한다.

거기서 억지로 참고 견디면 안 된다.

그러면 그는 그냥 그래도 된다고 생각한다.

꾹 참고만 있으면

집에 돌아와서

나에게 소중한 사람을

나에게 만만한 사람을 힘들게 할 수 있다.

곰을 쏠 수 없을 것 같아서

토끼를 쏘려고 하면 안 된다.

활시위를 당기지 못하고 있어도

표적은 언제나 정확하게 잡아야 한다.

사랑

사랑에 빠지면 내 곁에 소중한 사람이 생겼다고

행복할 수 있겠지만

그 사람은 내가 원하는 대로 해주는 것에 조심스럽고

나를 자기 편한대로 다루기도 할 것이다.

사랑에 빠지면 몸속에 연가시가 들어온 것처럼

나 자신을 희생시키면서도 아픈지 모를 수도 있고

맹목적인 믿음에 빠져

어떤 사람의 말도 듣지 않고

스스로를 파멸에 이르게 할 수도 있다.

사랑에 빠지는 것은 리스크가 크다.

사람을 못 만나면 득실을 따진다면 실이 클 수도 있다.

그는 절대로 나를 위해 움직이지 않는다.

나를 자신의 뜻으로 움직이기 위해 사랑하는 것이다.

관철

어떤 식으로던지

타인을 불쾌하게 하는 건 상당한 실수다.

그 사람을 화나게 하지 않고도

얼마든지 나의 뜻을 관철시킬 수 있다.

때로 큰소리를 치면

얼른 태도를 바꾸는 사람들이 있긴 하다.

하지만 그건 일시적일 뿐이다.

보통은 자신에게 해가 될 일을 멀리하지만

화가 나면 스스로 해가 될 수도 있는 일도 겁없이 생각하게 된다.

무서운 사람

예전에는 나에게 차갑게 굴고 거리를 두던 사람이 불편했다.

불편해하기만 하고

사실 어떻게 잘 지내볼 요령을 키우지는 못한 것 같다.

그런데 요즘은 나에게

잘해주고 웃으며 다가오는 사람이 불편하다.

가장 무서운 순간은 믿음이 오는 순간.

마음을 빼앗기는 순간이 아니던가.

글쎄

가까웠던 사람이
표정을 싹 바꾸고 멀리할 때면
당황해서
왜 그러냐고
내가 잘못한 것이 있으면
바꾸겠다고
그 사람이 하는 말 다 들어주고
마음 아파하던 시절이 있었다.

아이고,
당최 왜 그랬는지

그 사람 마음이 내 마음 같지 않으면
이제 끝난 것이다.

들여다보기

지키지도 못할 약속을 쉽게 내뱉는 사람이 있다.

은근히 사람 기대하게 해놓고

기다리게 해놓고 말뿐일 때가 있다.

그럼 짜증나기 마련인데 상대방을 탓하지 마고

나는 나 자신을 더 관찰하기로 했다.

그 사람이 그런 말을 하는 건

내 마음을 모두 읽도록 내버려두었기 때문이다.

누군가 지키지 못할 말을 한다면

그 사람을 탓할 것이 아니라

스스로의 마음을 들여다보라.

내가 듣고 싶어하는 말을 골라서 하는 사람은

자신의 마음을 감추기 위해서

내가 원하는 말을 하는 것이다.

사랑

사랑에는

두 가지가 있다.

내 마음이 아픈 사랑

그리고 내가 행복해지는 사랑

두 사랑 모두 매력적이다.

마음이 아픈 것을

행복으로 바꾸려면

아무것도 채워져 있지 않은 것을

비울 줄 알아야 한다.

화

화가 나면 가장 먼저 잊혀지는 것이 책임감인 것 같다.

분명 어떤 면에서는

좋은 사람인데

착한 사람인데

눈이 핵 뒤집어질 때는

그가 가장 먼저 놓아버리는 것은 책임감이다.

책임감은 마음을 다스릴 수 있을 때 유지할 수 있는 것이다.

무책임만으로도 얼마든지 상대방에게

고통을 줄 수 있기 때문이다.

책임감이 없으면서 주위를 탓하는 것은

내가 내 책임을 끝까지 할 수 있도록

나를 배려해주지 않는 이들에 대한 야속함이리라.

함부로

함부로 친해져서는 안 된다.

그 사람이 주는 상처를 잘 다루고
실수나 허물을 감싸줄 수 있을 때

친해져야 한다.

친해진 것도 아니고
신뢰가 생기지도 않았는데
편하게 대하는 일이 너무 많다.

말을 하기 위해 만들어낸 말

사람은 말이 많으면 안 된다.

말이 많으면

사랑한다고 말해도

그 사랑이 옅어지고

미워한다고 해도 그 미움이 흩어진다.

말수가 적어야 한다.

하고 싶은 말, 해야 할 말은 양이 정해져 있어

금방 동이 나는데

어쩔 수 없이 말을 계속 해야 한다면

말을 계속 만들어내야 하기 때문이다.

말을 하기 위해서 만들어낸 말이

때로는 생각이 되어버린다.

너를

나에게 상처를 준 사람이라도

나는 그 사람을 지켜주었어야 했다.

말하다

열등감이 많고

삶에 자기 자신을 중심에 두는 것도 부족해

타인의 인생에서도 주인공이 되고 싶어하면서

행복하지 않은 사람은

아무도 가까이 할 수 없다.

좋아하는 마음도 없으면서

그저 자기 말만 끊임없이 늘어놓는 즐거움에 빠진다.

단지 나의 비밀을 지켜주는 사람이기 때문에 믿는다면

그건 내가 좀 이기적인 것이다.

행복이란

내가 듣고 싶은 말을 유도해서 듣는 것이 아니다.

조금도 생각하지 못한 곳에서

어쩌면 우연히 만나는 것이다.

착각

누군가를 좋아하게 되면

그 사람이 가진 것이 내 것 같다.

그 사람의 부모님이 내 부모님 같고 그 사람이 나 자신 같다.

그 사람이 나와 같아서

잘해주고 싶고 아껴주고 싶어한다면 괜찮지만

그냥 나를 편하게 여기고 함부로 대하고

늘 이해받고 용서받길 기대한다면 곤란하다.

비로소 누굴 좋아한다고 해서

내가 그 사람이 되거나 그 사람이 되는 것이

사실은 부질없는 것임을 알게 된다.

아무리 사랑해도 우리는 결국 각자다.

내 것 같아서 애착을 느끼는 것들은

결국 내가 혼자 편하게 느끼면서 실수하게 되는 것들이다.

함부로 대해도 된다는 생각 없이 함부로 대하는 일은 결코 없다.

기분 때문에

잘 생각해보면

모든 실수는

참기 어려웠던

나빠진 나의 기분 때문에

일어난다.

기분은 별 것 아니다.

그리고 애매한 시간이 지나면 사라지는 것이다.

안 그래도 된다

예전에는 그 자리에서 이겨야 했다.

할 말 하고 할 말 다 못하면

다음에 또 하고 그랬다.

이제 생각하면 왜 그랬나 싶다.

아마도 사람의 마음이나

의도를 잘 파악하지 못해서 그런 것 같다.

할말을 다 했으나 이상하게도 후련하지않고

미련이 남고 답답하곤 했다.

이제는 꼭 이겨야 한다고 생각 안 한다.

슬그머니 져줄 수도 있다.

사람의 마음을 읽고 부터 쉽게 져주게 되었다.

그리고 다시 안 보게 되었다.

미련도 없이 스스로 깔끔해졌다.

멀어져가도 돼요

멀어져 가는 사람을 안타깝게 생각하고
먼저 손 내밀고 상처받기를 반복하다가
이제 내 쪽에서 마음을 접을 거라고 생각하니까
어렵지 않다.
그만 생각하게 되고 선을 긋게 되고 쉬워졌다.

화가 나는데도 참고 내 마음을 보듬어주는 것도
처음에만 어렵지 시간이 갈수록 쉽다.

마음속의 생각이란 좀처럼 변하지 않게 되었다.

이제 아무도 나를 들었다 놨다 할 수 없다.

더 편한 것

사람을 이용하려면

매번 머리를 쓰고

말을 많이 해서

내 뜻을 관철시켜야 하지만

사람을 사랑하면

노력하지 않아도

많은 것이 저절로 된다.

애정을 가진다는 것은 가장 놀라운 힘을 발휘한다.

행복은 일시적인 것이 아니다

행복이란 고통을 견디면서 느낄 수 있는 것이어야 한다.

위기를 넘기고 나를 지켜가면서 느껴야 하기 때문에

좀처럼 체감하기 어렵다.

만일 더이상 버티지 못하고 포기하거나

내려놓으면서 느끼는 마음을 안식을

행복이라고 생각한다면

나중에 그 행복이

아주 보잘것없는 것이 될 수도 있다.

나는 어떻게 보일까?

나는 그저 좋게만 생각했는데

상대방은 그렇지 않을 때

상처를 받는다.

나를 흠집내고 싶어 하고

상처를 주고 싶어할 수도 있다.

내가 상대방을 어떻게 생각하는지 보다

중요한 것은

그가 나를 어떻게 생각하는지다.

생각

한때 사랑했던 사람이었지만
이제는 그가 어디서든
잘 살고 있으면 된다고 생각하게 되었다.
만나지 않아도
안부를 묻지 않아도.

아무것도 몰라도 되고
그냥
내가 그 사람이 잘 되길 바란다고 생각했던 것만
기억으로 남기고 싶다.

사랑은

사랑하는사람을 눈 앞에서 놓치고
슬퍼하는 것이 차라리 쉽다.

자존감은 떨어져도
그저 내 마음만 정리하면 모든 것이 마무리된다.

누군가를 나를 사랑하거나
내 곁에서 안 떨어지려고 한다면

그게 무서운 것이다.

누군가가 날 사랑한다면
그건 부담스러운 일이다.

정

잘 대해주고 착하게 굴면

만만히 보고 함부로 대하는 사람이 있다.

강한 사람에게는 꼼짝 못하면서

잘해주는 사람을 업신여긴다.

그래서 착하게만 굴지 말고

냉정해지고 할 말하고

강하게 나가야 한다고 한다.

그렇긴 한데

사실 자기 할 말 다 하고

말 속에 가시 품은 사람을 보면

정은 안 간다.

순간 멈칫 조심하게 되는 건 사실이지만

그뿐이다.

사람의 마음을 움직일 수 있는 것은

친절함이다.

어설픈 친절함, 아주 조금의 친절함으로

무시를 당할 수는 있지만

친절함은 진짜 사람의 마음을 움직일 수 있다.

사람들은 친절한 사람을 마음 속에 기억해둔다.

모든 사람들은 자기 받았던 만큼 돌려준다.

그러니 당신이 가진 친절함을

업신여기지 마라.

이유

내 일이 잘 풀리지 않는 것은

내 노력이 부족했기 때문이기도 하겠지만

나를 사랑해주는 사람이 없거나

혹은 있다고 해도

그가 오래전에 나를 포기했기 때문이다.

듣고 싶은 말

상대방은 그냥 해본 말인데

나는 깊이 공감이 되고

상대방은 많이 생각해서 해준 말인데

나에게는 아픈 화살처럼 느껴진다.

지키지 못할 거짓말인데

듣고 싶은 말이라 안심하고 믿고

 진심이 담긴 말인데

별로 듣고 싶지 않아서

그저 스쳐지나가는 일이 참 많다,

 듣고 싶은 말이란 대개 실체가 없다.

말을 한 사람을 탓하지 말아야겠다.

그 말을 듣고 싶어했던 내 마음을 고쳐먹어야지.

흠

보기 싫을 때 참지 못하고 끊어버리면

보고 싶을 때 보지 못한다.

보기 싫고

보고 싶은 건 내 문제지

그 사람의 탓은 아니다.

가장 쉬운 방법

누군가가 나에게 자기 고민을 이야기하면
해결 방법을 생각하게 되고
누군가가 다른 이로 인해 힘들어하면
그 사람을 같이 험담해주고 싶어졌다.

하지만 그럴 필요 없었다.

그냥 들어주면 되는 것이었다.

판단도 생각도 하지 말고.

나쁜 것

가장 완벽하게 이기려고 한 사람이 가장 완벽하게 진다.

진짜 그렇다.

누군가를 공격할 때는 그 사람에게 상처를 주기 위해서이고

누군가의 상처를 주면서 나 자신의 치부를 감출 수 있기 때문이
다.

나를 합리화하고 나를 감추기 위해서 남을 공격하는 일은 참 많
다.

누군가에게 내 의견을 전하거나 때로 갈등을 겪어야 한다면

그 사람과는 일대일로 붙는 것이 좋다.

상대방을 두려워하는 마음 때문에

여러 사람을 끌여들여서 내 편을 많이 확보해서

그 사람을 공격하면

그 사람은 미처 준비하지 못한 상황일수록 크게 당황한다.

내가 공격한 사람이 발전하지 못하고

그대로 쇠퇴하거나 그만두거나 사기를 잃는다면

나의 공격 방식은 매우 비열한 것이다.

나의 공격이 옳은 것이었다면

그 사람도 얻는 것이 있고 발전할 수 있다.

야비한 승리는 총체적으로 좋은 결과를 이끌지 못한다.

공연한 긁어부스럼일 뿐.

그래서 나는

자기 손해는 하나도 안 보고 조금도 다치지 않으려고 하면서

상대방을 공격하는 사람과는 절대로 가까이 하지 않는다.

남을 공격하는 사람을 보면

그 사람이 속으로 감추고 있는 것이

무엇인지부터 생각하게 되었다.

여럿이서 한 명을 공격하는 것은 더욱 옳지 않다.

그 속에는 반드시 리더가 있고

그 리더는 자기는 조금도 다치기 싫은 겁쟁이다.

외롭다고 해도

아무리 외롭다고 해도

조금도 내 생각을 안해주는 사람과

함께 있으려고 하지 마라.

외로움을 피하지 말고

맞서면

어쩌면 나는 다른 사람의 마음에 들어갈 수 있다.

외로움은 나를 쫓지 않는다

그저 내가 도망치고 있을 뿐.

용기

살다 보면 힘든 시기가 온다.

그러면 용기가 줄어들어서

그만 샛길을 보게 된다.

차라리 이쪽으로 빠지면 더 수월할 것 같다는 생각이 든다.

그렇게 샛길로 빠져나가면

원래 가려던 길보다 더 어려워진다.

도망칠수록 더 힘들어진다.

원래 가던 길은 좀 알던 길이라 어려운 줄 알았고

샛길이 쉬워보이는 것은 단지 잘 몰라서

쉬워보였던 것이다.

원래 가던 길에서 방향을 돌리더라도

용기있게 나아갈 수 있다면

모든 것이 조금씩 쉬워진다.

사람은 누구나 걱정을 달고 산다.

현실적인 걱정부터 허무맹랑한 걱정까지.

걱정을 하며 살다 보니

겁쟁이가 된다.

넓게 생각하면

대개 생각하는 대로 삶이 이끌어진다.

부정적인 생각만 가득해서는

원하는 삶을 살 수 없다.

하고 싶은 생각을 하는 연습이 필요하다.

변화를 이끌어내는 것은

오직 용기뿐이다.

견딜 수 없어서

누군가가 너무 싫고 미울 때면

견디다 못해 그 사람을 이해하고 용서하려고 한다.

상대방은 조금도 변화가 없는데

자기 분에 못 이겨서

용서하고 보듬고 내 마음 같이 생각하려고 한다.

요약하면 그건 정말 어리석은 일이다.

조금 귀찮더라도 시간을 내서

그 사람의 생각을 읽고

그 사람이 어떤 행동과 말을 할지 예측할 수 있어야 한다.

더욱이 사과하지 않는 사람을 용서한다는 것은

매우 위험한 일이다.

질 것 같아서 이길 수 없어서

용서하지 말아야 한다.

잘해주기

먼저 존중해주고 잘해주면

상대방은 더 잘해주고 더 존중해주는 경우가 있다.

그런데 존중해주면

깔보고 무시하고 마음대로 행동하는 경우가 있다.

너는 노력하는데

사람들이 너에게 잘해주지 않는다면

어쩌면 너의 잘못된 생각 때문이 아닐까?

누군가가 잘해줬는데 무시하는 건

마음 탁 놓고 그 사람의 호의를 다 믿어버린 것이다.

웃는 얼굴 속에 숨겨진 그 이상을 보지 못하면

너는 아무것도 보지 못한 것과 같다.

획 돌아서기

가까웠던 사람이었으나

어느 순간 아니다 싶은 순간이 올 때가 있다.

그런데 그럴 때는 그동안 함께 하면서 좋았던 순간,

행복했던 순간이 떠오르며

객관적으로 냉정하게 생각하지 못하고

마음이 약해져서 나 혼자 용서하고

잘 지내보려고 한 적이 있었다.

가슴에 통증이 느껴지는 그런 감성적인 고통이긴 하지만,

아무튼 그건 크게 도움은 안 된다.

어떤 정을 쌓았고 추억을 쌓았든 정말 아니다 싶은 순간이 오면

그 사람의 진심을 파악했고 그것이 나에게 독이 된다면

획 돌아설 수 있어야 한다.

혼자 가슴 아파하고 눈물 흘리는 것이

가장 눈치 없는 짓이다.

좋은 사람

예전에는 마음에 안 드는 사람이 걸렸다. 이상에게 기억에 오래 남고 때로 상처로 받아들이기도 했다. 그에 비해 좋은 사람 앞에서는 마음이 편안해지고 때로 그 호의도 당연하게 받아들였으며 감사함을 답례로 하는데 미숙했다. 마음에 안 드는 사람이 나를 속상하게 하면 되받아치거나 옥신각신하지 말고 그냥 부드럽게 넘기기로 했다.

어차피 안 맞으니까 되도록 피하고 내가 먼저 조심하기로 했다.

물론 그 자리에서 또랑또랑하게 받아치면 상대방도 나를 우습게 알지 못한다는 것은 안다.

하지만 무슨 말을 해도 그 사람은 안 변할 거라는 것도 안다.

나에게 거칠게 나오는 사람은 같이 대응하는 것보다는 먼저 싫은 얼굴로 존중해주면 대개 더이상 다가오지 않았다. 그러니 싫은 사람이 있으면 그 사람에게 집중하기 보다

나에게 잘해주는 사람, 나를 배려해준 사람을 더 생각하고

그 사람들에게 더 잘해주기로 했다.

착각이다

불만에 가득차고 입에서 험한 말을 달고 있다면,

내가 생각하는 나 자신에 관해서 객관적으로 생각해봐야 한다.

혹시 나는 나 자신이 너무 잘났고

굉장하다고 생각하고 있지 않을까?

그 근거들이 타당한지도 생각해봐야 한다.

내가 너무 대단하고 뛰어나면

다른 사람들이 크게 필요하지 않게 된다.

나 혼자로도 충분하니까.

이런 생각이 지나치면 점점 자기 자신을 과장하게 된다.

나보다 잘난 사람도 많고

내가 살아가기에는 다른 사람이 필요하다고 생각하면 달라진다.

누군가를 곁에 두려면 웃는 얼굴과

다정한 말솜씨와 자신의 낮추는 예의가 필요해진다.

다른 사람의 앞에서 나를 작게 만드는 것이 아니라

다른 사람을 인정해주는 것은 매우 중요하다.

편한 것은

싸워서 이기는 것보다

좋은 것은 싸우지 않는 것이다.

싸울 문제를 만들지 않고

싸울만한 사람과 거리를 두는 것이

싸우는 것보다

훨씬 효율적이다.

분명이 문제가 되는데

끈을 이어간 건

아마도 내 마음 속에 못난

작은 욕심때문이었겠지.

함께 있다는 것

혼자 있을 때 사람은 누구나 편하게 있다.

안 씻을 수도 있고 자세도 흐트러져 있을 수 있다.

편하긴 한데 이것이 지속이 되면

누가 뭐라고 하는 것도 아닌데 괴로움이 된다.

아주 편안한 상태에서 별의별 잡생각에

빠지기 십상이기 때문이다.

생각이란 자꾸만 많아질수록

부정적인 방향으로 흘러가는 경향이 있다.

누구나 쓸데없는 걱정이나 약간의 강박증을 달고 산다.

그리고 우울도 조금씩 가지고 있을 것이다.

내가 내 마음대로 해도 될 만큼 편안한 상태에서는

이런 것들에게 시달리기 쉽다.

불편하고 어려운 사람들과 함께 하면

그러한 편안함을 가지고 있을 수 없다.

불편하지만 말을 조심하고 행동도 조심하고

내가 해야 할 일을 잘하려고 노력을 한다.

그렇게 긴장해있는 사이 편안할 때

머릿속을 엄습하던 별의별 생각들의 기습으로부터 멀어질 수 있다.

서먹했던 이와 가까워지면서 친해지는 동안에는 좋았지만

막상 친해지고 나면 불편할 때가 있다.

서먹할 때처럼 긴장하지 않고

마치 혼자있을 때의 행동을 함께 있으면서도 하기 때문이다.

하루종일 불편하게 있다가

잠시 동안 아주 내 마음대로

편하게 있을 수 있는 시간은 달콤하다.

하지만 그것이 길어지면 해가 된다.

누군가와 가까워지면서 친해졌다고 해서

혼자있을 때처럼 편안해지면 안 된다.

그럼 내 마음도 힘들고 아마 함께 있는 사람에게도

부담이 될 것이다.

소중한 사람일수록 좋은 점을 보여줘여지, 헛점을 보여줘서 실망
시키면 안 된다.

언제든 잘 보여야 한다는 생각으로 노력하는 마음으로 대해야 한다.

행복

이 세상에서 가장 최고의 가치는 행복이다.

행복한 사람이 되려고 노력했다.

그래서 행복을 쫓아다녔다.

어느 날 알았다.

내가 행복해지면 내 곁의 누군가는 희생해야 한다는 것을.

그 희생은 내가 가장 소중하게 여기는 사람이

감내해야 하는 것이기도 했다.

더이상 나는 나의 행복에 집착하지 않기로 했다.

행복한 마음으로 쓴 글에는 힘이 없지만

고통 받으며 쓴 글이 읽는 이에게 더 눈에 들어온다.

나는 내게 주어진 고통을 즐기며

자기 자신을 채찍질하며 견뎌나가기로 했다.

뒤돌아보지 않는 일

누군가와 싸우게 되는 것보다 무서운 것은
어떤 문제로 인해 영영 멀어지는 것이다.

얼마나 정다웠고 함께 했던 시간이 길었는지는 중요하지 않고
격정적인 분노, 혹은 조용한 분노로 인해
인연을 끊고 다시는 뒤돌아보지 않는 일이
생각보다 흔하다는 것이 사실 무섭다.
 그러니 어떤 문제가 생기면
일단 감정을 잠재우거나 혹은 제거하는 일에 몰두한다.

감정을 다 치우고 나면
객관적으로 가장 효율적이며
상대방까지도 배려할 수 있는 방법이 생각난다.

하지만 이것에 서투를 때는 내가 낸 화는 생각하지 못하고

그저 뒤돌아서는 사람이 야속하다고 생각했다.

누구나 끝이라고 생각하는 시점이 오면 대단하게 냉정해진다.

뒤돌아보지 않고 돌아설 수 있다는 생각을 하면

그게 언제가 될 지는 아무도 모르므로

사람을 사귀는 일이

그리 대단하고 기대할 만한 일이 아니라는 생각조차 든다.

화를 내는 사람에게는 돌아서지만

조근조근 사정을 이야기해주는 사람에게는

누구나 귀를 기울여 준다.

문제는 언제든 생길 수 있다.

화를 내지 않는 것이 중요하다.

그깟 화가 뭐라고 생각할 수 있어도

후 불어서 쓰는 촛불처럼

마음 속에서 타오르는 화를 훅 꺼버릴 수 있어야 한다.

진심어린 말

누군가와 가까워지면 그 사람의 속을 들여다보게 된다.

그 속을 살피고 더 가까워지기도 하고 때로는 멀어지기도 한다.

가까워진 사람이 내게 하는 푸념은

대개 어떤 해결책을 찾기 위한 것은 아니다.

한때는 뭔가 해결해주고 싶고 고민을 들어주고 싶은 생각에

내 생각을 직설적으로 말하기도 했다.

하지만 그것은 실수였다.

내가 조언을 해줘서 그 사람이 그 말에 움직이기라도 하면

나중에 어떤 식으로든 원망을 듣기 일쑤다.

누군가가 잔잔히 속을 풀어놓을 때는

그저 들어주면 된다.

내가 하는 진심 어린 말은 사실 그가 원하는 것이 아니다.

나는 진심을 다해 말해주었지만 시간이 흐르고 나면
내가 틀렸을 수도 있다.

위로가 필요한 사람에게
오지랖이나 충고는 실언에 불과하다.

진심 어린 말을 해주고도
누군가가 내 곁을 떠난다면
나는 아직 사랑하는 법에 서툰 것이다.

좋은 사람

자랑도 험담도 하지 않는 나였지만

친구로 사귀면

다른 이에게 곧잘 잘 빼앗기곤 했다.

내 곁에 왔던 이가 내가 딱히 잘못을 하지 않는데도

나에게 큰 매력을 느끼지 못하고

슬그머니 다른 사람에게 눈을 돌릴 때면

내심 섭섭했고

마음에 선을 그어두곤 했다.

대부분 그렇게 떠나간 이들은

자신의 마음에 든 사람들과 어울리다가

상처 받거나 혼쭐이 나곤 해서

날 보고 '좋은 사람'이라고 칭하곤 했다.

누군가의 이간질, 시기, 질투, 거짓말,

겉과 속이 다른 태도에 학을 떼며

내가 참 좋은 사람이라고,

나와 같은 사람을 만나기 어렵다고 말한다.

나는 딱히 잘한 것도 없이 잘해준 것도 없이

그렇게 좋은 사람이 되었다.

나는 못내 슬프다.

그저 나 자신만 보고 나를 좋은 사람이라 불러주며

내 곁에 있어주는 사람이 있었으면 좋겠는데

꼭 날 떠나고 나서 다른 사람을 겪은 뒤에야

좋은 사람이라 평해주는 것이 슬프다.

경험

직접 경험하고 느끼지 말고

웬만하면

사람들이 하는 말을 듣고 생각하자.

경험이 가장 정직하지만

너무 많이 상처받는다.

고통을 받으면서 깨달으면 안 된다.

그것은 대부분 돌이킬 수 없거나

너무 늦은 것이기 때문이다.

반격

충고해준 사람을 미워하고
그 사람에게 반격할 준비를 하는 것보다

그냥 내가 내 부족한 부분을 객관적으로 보고
간단히 고치는 것이 빠르다.

혼자 방치되어서
나중에 무엇이 부족하고
잘못되었는지 깨달으면 늦다.

충고한 사람과는 멀어지더라도
그래도 고칠 것은 빨리 고치는 것이 낫다.

탐하지 마라

내가 탐했던 것들은

잠시 나를 스쳐갈 뿐

내 것이 되지는 않았다.

그것이 스쳐 가는 동안

나는 상처 받고

결론적으로 시간 낭비만 한 것 같다.

탐나는 것에 눈길을 주지 말고

나와 어울리는 것에

눈길을 줘야 겠다.

무례함

무례한 사람을 보면, 누구나 싫을 것이다.

그 사람을 자세히 들여다 보면

그 사람이 무례한 데는 어떤 이유가 있다.

특히 초면이거나 잘 알지 못하는 사람이 무례한 경우는

사실 그 사람의 내부에 그 이유가 있다.

정중하고 착하고 예의바르기 위해서는

노력이라는 것을 해야 하는데

그것이 힘드니까 포기하고

무례해지는 것이다.

가까운 사람이 무례해지는 것은

그 사람이 더이상 노력하지 않는 것이다.

미소

누군가와 친해진다는 것은 설레는 일이다.

처음 그 사람의 미소를 봤을 때 가까워질 것을 예감한다.

친하게 지내겠다고 마음 먹은 사람이

나에게 보내는 미소는 정말 따뜻하다. 행복감이 든다.

그 사람에게 거울에 비쳐서 보여주고 싶을 정도로.

그런데 시간이 지나면 사람들은 자신의 어두운 부분을 보여준다.

나의 아픈 곳을 찌르기도 하고 무안을 주기도 한다.

가까워질수록 자기자신을 오픈하는데,

때로 그것이 버거울 때가 있다.

힘들어하면서 이어져나가는 인연도 있고

어느 순간 멀어지는 인연도 있다.

어쨌든 나는 한번씩 그 사람이 내게 보내주었던 미소를 생각한다.

그 미소를 생각해보면 뭔가 용서가 된다.

그리고 깨닫는다.

아름다운 미소 뒤에는 언제나 상처가 가시가 있다.

그냥

언젠가 몹시 화가 났던 적이 있다.

가만히 있을 수 없고 나도 할 말은 해야 겠다 싶어서

서로에게 상처를 준 적이 있었다.

그래서 나도 좀 속이 시원하고

그 사람도 속이 시원했는지 모르겠다.

시간이 흐르고 나니

견디기 힘들었던 그 분노의 시간은 사그라들고

그저 그때 조금만 더 참을걸,

똑같이 굴지 말걸

내가 먼저 낮춰줄 걸

먼저 미안하다고 말할 걸 생각하게 되었다.

오늘도 잠시 열받은 일이 있어

하루종일 신경이 곤두섰다.

하지만 나는 화내지 않고 잘 참았다.

좀 잊고 기분전환하면 좋겠는데

머릿속에 박힌 가시처럼 생각이 좀처럼 떠나지 않으니

내가 나 자신을 다스리는 것이 이토록 어렵구나 생각했다.

면전에다 대고 독한말을 쏟아부으면

속시원히 잊어버릴 텐데

한동안 혼자 열받아서 투덜투덜하고 있자니

반찬을 만들다가 손을 베고

정작 오늘 처리해야 할 중요한 일 마저 잊고 있었다.

그러다가 기분이 식고

니중에 생각하면

그냥 그때 아무 말없이 넘어가길

잘했다고 생각한다.

좋아도 싫어도

모두 스쳐지나가기에.

내 마음만 가득하다고 해서

마음에 든 사람과 친해지고 싶어서

항상 먼저 문자를 보내고 전화를 걸곤 했다.

하지만 그는 답장은 간혹했으나 먼저 연락하지 않았다.

전화하는 일도 없었다.

하지만 나는 먼저 내가 마음을 쓰며

선물도 챙겨주고 정성을 다했다.

그는 그다지 고마워하지 않았지만 반응은 있었다.

먼저 문자를 보내도 그는 대꾸를 하다가

흐지부지 말을 몇번 끊어버렸다.

나는 더이상 연락하지 않았다.

내가 잘해준다고 세상 일이 내 뜻대로 된다고 생각한 것은

어쩌면 오만이었다.

허사

어떤 노력을 긴 시간에 걸쳐 들였는데 결과는 말짱 도루묵이 될 때가 있다. 가장 무서운 순간이다. 어떤 노력을 하면서도 늘 이것이 나중에는 다 허사가 될 지도 모른다는 생각이 엄습할 때가 있다.

가령 자격증 시험을 준비중인데 나름 열심히 공부를 했지만 시험에 불합격하면 책을 사거나 공부한 시간들이 다 허사가 된다. 시험에 합격해도 딱히 쓸모가 없는 장롱 자격증이 되면 그또한 허사다.

어떤 노력이 허사가 되지 않으면 애초 내가 할 수 있는 최선에서 2배 이상의 노력을 해야 가능하다. 허사로 돌아가는 건 끝까지 노력하지 않았기 때문이기도 하다.

사랑을 시작했지만 결실 없이 헤어지기도 하고, 비싼 돈을 들여 공부를 시작했지만 딱히 돈벌이도 안 되고, 취미가 공연히 스트레스만 유발하기도 한다.

나는 무엇이든 허사가 되지 않기 위해서 늘 노력했다. 참 불쌍할 정도로 노력했다. 미래는 마치 다 정해져 있는 것처럼 내 노력이 통

하지 않을 때도 있었다.

어느 날 나는 허사가 되느냐, 허사가 아니냐를 생각하는 것보다 허사가 된 일에 대한 나의 태도가 중요하다는 것을 알게 되었다.

허사가 되지 않기 위해 애면글면 노력하는 것보다 어쩔 수 없이 허사가 된 일에 관해서 쿨하게 털고 일어나는 것이 빨랐다.

허사가 된다는 것은 어쩌면 더 나쁜 결과로 이어지지 않는 우회의 길일지도 모른다. 그대로 밀어붙치면 더 나쁜 결과가 다가올 수도 있는데 이 전에 포기를 하고 리스크를 최소화하는 것이다.

인연이 아는 사람과 적당한 선에서 헤어지는 것은 불행한 결혼생활의 파국보다야 우회의 길이며, 공부를 끝까지 해도 길이 보이지 않는 것보다 한시라도 빨리 일을 찾는 것이 우회의 길이다.

분명 나는 내 자신을 지키고 보호하기 위해 가던 길을 멈추고 발걸음을 돌리며 내 주변을 허사로 스스로 만들어왔던 것 같다. 허사로 만들어버리는 것은 더이상 내게 아무 의미도 없는 것으로 여긴다는 것을 의미한다.

그럼에도 나는 그저 허사가 된 일을 아쉽게만 생각해야 할까?

분명 나는 그것을 선택했는 데도 말이다.

허사로 돌아간 것은 대개 새로운 문이 열렸기 때문이다.

말

사람과 사람 사이에서 가장 중요한 것은 말이다.

생각과 마음이 그 원천이라고 해도 말을 제대로 못하면 안 된다.

말이라는 것이 친근하지 않은 사람에게 술술 나오는 것이 아니다.

그래서 가까운 사람에게 실수를 하고 상처를 받게 된다.

같은 뜻을 전하더라도 말을 어떻게 하느냐가 참으로 중요하다.

말을 할 때 가장 먼저 생각할 것은

상대방의 기분을 상하지 않게 하는 것이다.

상대방의 기분을 상하게 하는 것에 재미들렸다면 노답이다.

그리고 함께 대화하면서 의견을 존중하고 풀어나가는 것이다.

가까울수록 어려운 사람이라고 생각하는 자세가 필요하다.

쉽고 만만하게 생각하는 순간 실수가 생긴다.

그리고 열심히 관찰하고 들어서

상대방에게 한마디씩 칭찬해주는 것이다.

그리고 밝은 얼굴로 대해주는 것이다.

화법

꼭 할 말만 하는 버릇을 들이지 않으면

말이 많아진다.

말이 많아지면

마음은 정리되지 않는다.

결정적인 실수

똑똑하다고

가장 확신이 들어서

가장 좋은 것 같아서

내린 판단이 실수가 된다.

모든 실수에는 오만이 따라다닌다.

가장 좋은 것을 손에 쥐었을 때는

다시 생각해 보자.

고통이 주는 힘

뭔가를 열심히 하면

열심히 한 만큼

상처를 받는다.

열심히 한 그것이 이루어져도

이루어지지 않아도

그래서 즐기면서 해야 한다.

고통은 언제나 큰 성과를 만들어낸다.

그것에 현혹이 되어서는 안 된다.

상처, 네가 뭔데

지나간 사람에게서 받은 상처를

새롭게 만나는 사람에게서

또 받게 될까봐 걱정하는 사람은

자기 자신을 돌아보지 못하는 사람이다.

잘해주겠다고 생각은 해도

진짜 잘못은 인정하지 않는 사람이다.

새롭게 만나는 사람이

지난 번과 같은 상처를 내게 주지 않기만 하면 된다고 생각은

짧은 생각이다.

내가 받았던 상처가 삶의 기준이 되어서는 안 된다.

어떻게 앞으로 나아가야 할 지 생각하는 것이

이끄는 길로 가야 한다.

하지 않아도 될 말

지금 내가 한 생각이

100% 내 마음을 담고 있다고 해도

그 말이 상대방에게 꼭 필요한 말이라고 해도

그 사람이 받아들이지 않는다면

할 필요 없다.

이미 그 사람은 알고 있으니까.

누구에게도 상처받지 않는 방법을 찾았다 개정판

초판 1쇄 발행 | 2024년 11월 29일

지은이 | 김지연
펴낸이 | 김지연
펴낸곳 | 마음세상

출판등록 | 제406-2011-000024호(2011년 3월 7일)

ISBN | 979-11-5636-593-8(03810)

원고 투고 | maumsesang2@nate.com
블로그 | http://blog.naver.com/maumsesang

ⓒ김지연

* 값 17,200원